SILÊNCIOS NO ESCURO

Maria Viana

SILÊNCIOS NO ESCURO

FOTOGRAFIAS
Laura Campanér

Ateliê Editorial

Copyright © 2016 by Maria Viana

Direitos reservados e protegidos pela Lei 9.610 de 19.02.1998.
É proibida a reprodução total ou parcial sem autorização, por escrito, da editora.

Dados Internacionais de Catalogação na Publicação (CIP)
(Câmara Brasileira do Livro, SP, Brasil)

Viana, Maria
    Silêncios no escuro / Maria Viana. – Cotia, SP: Ateliê Editorial, 2016.

    ISBN 978-85-7480-715-7

    1. Contos brasileiros I. Título.

14-09576   CDD-869.93

Índices para catálogo sistemático:
1. Contos: Literatura brasileira   869.93

Direitos reservados à

ATELIÊ EDITORIAL
Estrada da Aldeia de Carapicuíba, 897
06709-300 – Granja Viana – Cotia – SP
Tels.: (11) 4612-9666/4702-5915
www.atelie.com.br
contato@atelie.com.br

Printed in Brazil 2016
Foi feito o depósito legal

SUMÁRIO

7   *Apresentação – Edy Lima*

9   Em nome do pai

17   Silêncios no escuro

29   A cobra na cabaça

39   Os cabelos de Melissa

45   Balaio de cabeças

53   O novo jardim

61   A praga

77   A santa que fugiu do altar

85   Vorita, a mulher agulha

89   Encontro no mar marcado

99   Condensação e deslocamento

107   A maldição de Afrodite

113   Do outro lado da linha do trem

121   O que a vitrine guarda

127   A lição do tempo

135   Em busca do pai

APRESENTAÇÃO

O PRAZER DE LER algo especial. É isso o que a gente sente ao mergulhar nos contos de Maria Viana, que ao surgir com seu novo livro faz uma espécie de reinvenção do Realismo. Ela é estudiosa do Naturalismo e defendeu dissertação de mestrado sobre a obra de Aluísio Azevedo.

Aqui em seus contos de estreia o enfoque é realista, abordando o mundo pobre e sofrido de personagens perdidas na solidão da espera da chuva para plantar e de muitas outras solidões de lugares esquecidos no mapa. Todavia, a solidão maior é a vai dentro de cada personagem, nessa luta pela busca de recursos para a parca e miúda sobrevivência. Essa solidão interina, que impossibilita a comunicação, se entrelaça com a dura realidade externa, fazendo da vida destas personagens um drama sem trégua.

Apresentação

Dessa maneira, Maria Viana faz a mescla literária entre o dentro e o fora; o imediato e os fatos estranhos, repletos de crendices, que são encaixados com maestria no real por ela reinventado, incorporando mistérios que fazem parte dessas vidas, com a força de coisa conhecida.

Com o livro *Silêncios no Escuro* Maria Viana marca seu lugar entre os novos escritores de maneira muito promissora. Ela não é uma promessa, já é um acontecimento e os votos que se podem fazer é que nos ofereça outros trabalhos com essa força de renovação.

EDY LIMA

EM **NOME** DO **PAI**

A CARGA agora é pesada. Não tem a leveza do dia. A noite parece mais escura que nunca. A longa capa cobre a única cor que poderia se ver naquela cena. Mas motivo para cor, não há.

Ele pensa na mulher que ficara em casa. Como ela receberia a triste notícia? Para poupá-la da especulação dos vizinhos, fez no quintal do sítio um pequeno cemitério. A cada aborto espontâneo da esposa, uma nova cova era aberta pelo pai prestimoso. Fazia ele mesmo uma pequena mortalha, sempre colorida. Usava o tecido mais bonito encontrado no cômodo, que na casa tinha serventia de alfaiataria. Rezava do jeito dele uma prece e plantava sobre a cova uma muda de flor, por achar mais bonito e alegre que as cruzes dos cemitérios tradicionais.

Depois, escrevia em papel pautado, com letra caprichada, o nome do filho ou da filha que não nasceu. Embaixo, colocava a data e assinava. Guardava esse papel em uma caixa, em lugar onde a mulher jamais encontraria. Por quinze vezes aquela caixa foi aberta para receber uma nova certidão lavrada pelo pai.

Às vezes, a gestação adiantava muito antes da interrupção dolorosa. A esposa ficava cada vez mais triste com aquela impossibilidade de ser mãe em uma terra onde o valor da mulher era medido pelo tamanho da prole.

Ninguém se lembraria dela como uma jovem inteligente que, contra a vontade do pai, havia concluído o curso de normalista para ser professora e ganhar o próprio sustento. Ninguém se lembraria de que sua letra redonda dava forma às palavras ditadas pelos familiares analfabetos para dar notícias aos que, cada vez com mais frequência, partiam pra capital. Assim pensava a jovem esposa do cavaleiro triste.

Foi com muita alegria que o pai recebeu no colo pela primeira vez aquela 16ª tentativa de vida. Sofia ganhou certidão lavrada em cartório, com direito ao nome do pai, da mãe, dos avós de ambas as linhagens e data de nascimento.

Sofia era miúda e esperta. Uma "Pitica", como costumava ser chamada. Pitica cresceu empertigada nos vestidos costurados pelo próprio pai. A mãe deixou de lecionar para cuidar da menina. Longe da filha, não ficava. Qualquer ameaça de febre ou cólica, era motivo para que ela se desdobrasse ainda mais em cuidados.

O pai, não cabia em si de contentamento ao ver sua Pitica ganhar feições de menina saudável. Gostava de tê-la ao pé de si na alfaiataria. Mandou fazer um cercado de madeira, onde a pequena ficava horas brincando com retalhos de tecidos coloridos que o pai pendurava nas grades.

Em uma foto, tirada no dia do seu terceiro aniversário, podemos vê-la em seu vestido de renda. Se a foto fosse colorida, saberíamos que ele era azul-claro. Os sapatos de fivela se destacavam pela alvura. Os cabelos avermelhados penteados em cachos pela mãe, como ditava a moda de então.

Dois dias depois da festa, a menina acordou amuada. Não correu pelo piso de assoalho, batendo forte com o pé para ouvir o barulho dos próprios passos, como era seu costume. Recusou-se a comer até banana amassada com canela, coisa que adorava. A garganta doía, apontava com o dedinho. Não demorou muito para que o corpo ficasse coberto de pequenas pústulas.

O pai arreou o cavalo com pressa.

A mãe preparou a pequena mala com uma troca de roupa, agasalho e comida. Queria que fossem de carroça, para que pudesse acompanhá-los, mas o pai foi firme. No galope do cavalo chegaria mais rápido ao farmacêutico.

Sofia foi colocada com cuidado pela mãe no colo do pai já montado, que partiu em disparada. Seria escarlatina?

A menina, apesar de combalida, apontava com o dedo as flores de ipê amarelo que encontravam pelo caminho. O pai diminuiu a marcha e alcançou uma. Pitica sorriu e fechou a mãozinha para melhor segurá-la. Duas horas depois, o pai já havia feito o caminho que geralmente levava o dobro de tempo para percorrer. Ainda havia sol quando sentou a pequena no balcão da farmácia.

Um homem de avental branco aproximou-se apressado. Olhou para o pai e fez perguntas com ar sério. Não tinha dúvida, mais uma vítima do surto de escarlatina. Não havia muito a fazer. O pai implorou ajuda. O homem de jaleco branco aventou a possibilidade de reduzir a febre com uma injeção de penicilina, para garantir a chegada da menina com vida ao hospital mais próximo.

Pitica parecia não perceber a angústia dos adultos. Picava a flor de ipê com os dedos miúdos. O pai segurou a menina com cuidado, para que ela não se assustasse com a agulha apontada em sua direção.

Tudo foi tão rápido. O pequeno corpo apenas estremeceu e da mãozinha caiu o último pedaço de flor amarela. O pai entendeu tudo.

O farmacêutico desesperou-se, talvez por temer algum ato violento do pai. Ele avisara que não havia muito que pudesse ser feito. O pai parecia não ouvir suas explicações.

O corpo da pequena Sofia ainda estava quente quando foi colocado no caixão cor de rosa. A pequena caixa foi amarrada com cuidado pelo pai na garupa. A marcha imposta ao cavalo agora era lenta. Não havia mais pressa. A noite não demorou a chegar e com ela veio o frio e a escuridão da capa que cobria o cavaleiro e seu pesado fardo.

Não poderia adiar para sempre a volta para casa, como era seu desejo. Apeou do cavalo e desamarrou o pequeno caixão com cuidado. A mulher estava na janela quando ele se aproximou do portão. Ela desceu correndo as escadas e foi ter com o marido. Os dois prantearam em silêncio a dor e cavaram com as próprias mãos uma nova sepultura no jardim.

Sete anos depois, sob a sombra de um ipê amarelo, veem a pequena Esperança brincar. A 17ª tentativa de vida vingou e vicejou. O que a menina não sabe é que, sob a sombra que lhe acolhe, uma pequena caixa com quinze certidões de não-nascimento e a foto de uma menina ruiva, de nome Sofia, repousam em paz desde o dia em que ela nasceu.

SILÊNCIOS NO ESCURO

ELE POUSOU a mão no ombro da esposa, há algum tempo teria dito apenas: você tem razão! Somente para não contrariá-la, mas hoje via nuvens no céu e não sabia se deveria lavrar a terra. Os ossos do joelho doíam, sinal de chuva certeira. Era bom quando chovia, o cheiro da terra molhada invadia os cômodos da casa. Ele gostava de aquecer as mãos calejadas no calor do fogo que crepitava em volta do caldeirão de ferro. Aquele calor que fazia arder a face, aquele fogo que nunca apagava... A cinza ainda conservava o mormaço preguiçoso de quem acorda quando era removida ao amanhecer.

O casamento fora há cinco anos. Ela não era mirrada. Tinha boas ancas. Carnes firmes moldavam coxas arredondadas que marcavam ainda mais uma cintura estreita.

Há sete anos tocava quase sozinho o pequeno sítio, só durante a colheita contava com a ajuda de dois camaradas. Antes, quando o pai ainda vivia, sentia o olhar do velho ferindo-lhe a face de quando em vez. Será que o pai pressentia a morte e temia que aquele único filho, de compleição tão frágil, não conseguisse prover o próprio sustento?

Mal se falavam. Mas a lembrança daquele olhar estranho que de repente varava a fumaça quando tomavam café ao pé do fogão, ainda o surpreendia durante os dias mais quentes, quando o suor lhe umedecia os músculos e ele, ao tirar a camisa de risca que cobria a camiseta alva, tocava o próprio corpo e se dava conta das mudanças que os membros e o tórax sofriam a cada semeadura, a cada colheita.

No começo, ela deve ter-se incomodado com aquele jeito silencioso dele, agora parece já não estranhar muito. Ela faz tudo com tanta rapidez, que provoca ruídos desnecessários, seria para não se sentir muito só? Não é isso, não. Faz tudo tão depressa para poder sentar-se com o cesto na mão e dar forma à linha. Antes eram ornamentos para a casa: tampa para o pote de compota, forro para armário, colcha de cama. Um dia, ensaiou fazer uma casaquinha de bebê para a irmã grávida, mas não se saiu muito bem. Ele não se lembra, mas ela disse qualquer coisa quando desistiu de dar o presente.

À tardinha, ela gostava de contar coisas, enquanto ele lavava os pés na bacia de cobre com fundo de madeira. Ele gostava de esfregar os pés um no outro. A voz suave dela misturando-se com o morno da água turvada pelo pó da terra, que agora era só sujeira solta da pele cansada.

Estrondo forte se fez ouvir. Ela vai dizer "Santa Bárbara"... e jogar capim benzido no Sábado de Aleluia no fogo.

Isso faz parte das crendices que a gente escuta dos mais velhos e depois repete. Desde menino, ele se vigiava para não fazer nem falar nada igual ao pai, mas isso era coisa de antes dele morrer. No repente, começou a tocar a lavoura seguindo tudo como o pai fizera. Agora até sentia uma fisgada no joelho, antecipando o cair da chuva. Quando menino, ria do pai ao ouvi-lo dizer: "meu joelho tá rangendo, vai cair temporal".

Era bom quando chovia. Gostava de ficar em casa delongando pensamentos. Podia tirar uma soneca depois do almoço. Quando a chuva suspendia, uma coisa era certa: a terra ficava mais cordial com a enxada, mais propícia para o plantio.

Ela resmungou outra sentença. O homem sabia que já era hora de falar qualquer coisa. Palavra não vinha. Nem se lembrava de qual era o assunto em questão: ah, sim... o que dariam como prenda para o leilão da quermesse. Questão miúda quando o joelho anuncia que vai chover e a gente não sabe se vai ou não carpir a lavoura. Isso. Poderiam levar dois patos ou uma leitoa.

Ele mantinha os olhos fitos no brasil, enquanto pensava.

Na noite, era bom tê-la quieta, com o dorso encostado no seu peito. Os olhos, pensava ele, fechados, querendo e não querendo dormir. De dia, ela era prosa, tocava a lida da casa com muito asseio. Na noite, ficava ali, calada, como se a qualquer momento fosse tomada de susto. Sempre, ele só queria mesmo era aquele cheiro bom de cabelo lavado na água da bica roçando-lhe a face imberbe.

De súbito, um temporal molhou o quintal. A mulher fechou rapidamente todas as janelas e ele, com calma, acendeu o lampião. Depois, encheu a panela d'água para cobrir a trempe que ainda estava vazia. Dentro dela, colocou o bule esmaltado de branco.

Alguém bate palmas.

— Quem estaria assim tão exposto ao temporal?

— Dia...!

Ele recebe o amigo com um sorriso largo e uma mão estendida, enquanto a esposa desaparece. Volta logo em seguida, trazendo toalha alvejada. Dimas faz meneios de recusa. É só ficar ali na beirada do fogo que logo seca.

— Isso é que não. Chuva temporã de veranico, quando surpreende corpo quente é lança certeira nos pulmões. — Adverte o dono da casa.

Devia mesmo era trocar de roupa. Mandou que Corina providenciasse muda seca, tinham quase o mesmo corpo.

— Recato em casa de gente amiga? Carece não.

"Homem que não teme nem trovoada, nem relampejar, não vai se incomodar com gripe que vem da roupa molhada, mas, se ele quer fazer agrado ao amigo, busco roupa seca." — Pensa Corina.

Em pouco, Dimas voltou vestido em seco.

Uma vaca tinha desgarrado antes do temporal, conta o visitante. O dono da casa repara no exagero dos movimentos do amigo, na insistência da explicação. Caso perdido. Teve que sacrificar a diacha ali mesmo, no atoleiro do brejo. Era sofrimento demais de se ver. Repetia balançando a cabeça como se ainda ruminasse tristeza. Difícil mesmo seria contar o ocorrido pro pai, que tinha muito xodó com aquela danada.

Um cheiro bom de arroz torrado no alho invade o ar. Mãos ligeiras vão e vêm das panelas pra gamela d'água e dali pro avental. Tão rápidas que não se conseguia mais tocar nelas o olhar.

"Ela tem um jeito claro de sorrir" — Dimas pensa enquanto aceita o canivete do amigo para picar o fumo.

Vaca empacando no atoleiro em dia de temporal, coisa comum que ela nunca entendia. Bicho forte e sabido. Com aquele olhar que parece tudo entender, de súbito cai no atoleiro e vai pro brejo toda aquela valentia.

"E os preparativos pra quermesse? — pensa ela. — Podia era perguntar, mas ele não coloca mais fim nessa história da vaca."

As mãos nervosas dela indo e vindo de uma panela a outra.

"Talvez nessa festa ele ponha reparo na prima Celeste. Coitada, tão desenxabida e apaixonada. Ele é tão bem apessoado, mas namorada ainda não tem. Se tivesse, todo mundo já tinha formado opinião."

Ela gostava de receber visitas. Isso era tão raro. "A louça com passarinho é tão bonita, parece que a comida fica mais gostosa do que no prato esmaltado."

Mas o dono da casa era de outra opinião. Gostava do barulho que o garfo fazia na superfície do esmalte branco.

Depois do almoço, bom mesmo é destilar conversa tendo na boca o gosto amargo do café fresco, mas o corpo dele foi ganhando preguiça.

— Coisa rara sentir sono assim no meio do dia. O amigo é de casa, não vai se incomodar se eu der uma cochilada. — O dono da casa desculpou-se. — Corina quer muito saber dos preparativos da quermesse, aproveite e conte tudo pra ela.

Da quermesse não sabia muito, decerto teria baile. Vinha até sanfoneiro de outras bandas, comentou o visitante. Vai e vem do banco à janela. Inquietude de gente solteira.

"Não gosto de ficar sozinha com visita. Perco o proseio. Ele bem que já sabe. Parece que faz só pra me arengar. Mas se assim ele quer? Faço."

O sono veio logo.

Arco-íris despontou no céu. Dimas deitou sobre Corina um olhar de despedida e desejo já não mais contido. Ela dobrou a roupa usada por ele com zelo e entrou no quarto pisando de manso. Uma réstia de luz invadiu o quarto, inaugurando a bonança. Entrou e foi ter com o marido.

Ele estendeu o braço e a virilidade da enxada, ceifando a terra molhada e dela extraindo proventos de bom cheiro, invadiu-lhe o corpo num frêmito.

Ela calmamente esperava. O coração osci-lante entre a culpa e o dever. Mas só ela sabia o quanto esperara. E abriu-se mata, já não mais ressequida pela espera da chuva, ao ser penetra-da pela primeira vez pelo marido.

A **COBRA** NA **CABAÇA**

Naquela manhã Eurídice deu de acordar pensando: "Será que meu pai abriu sorriso no dia em que nasci?" A infância fica paradoxalmente mais próxima, quanto mais distante estamos dela.

Ela não queria pensar nisso de novo. Era segunda-feira, dia de arear as panelas. Deixá-las com a superfície tão brilhante, que era de poder usá-las como espelho. Sim, quando olha a bateria de alumínio pendurada nos ganchos, que pendem da tábua atarraxada na parede caiada, pode-se ver refletida uma, duas, três, muitas vezes... Até o rosto perder-se numa infinidade de espelhos de formas e tamanhos variados.

Então, levanta-se do banco de madeira quase num salto e dá início à areação feita com cinza. Daquela bem fininha, que até um suspiro quase secreto consegue fazer levitar. Mas as partículas pousam sobre a mesa, maculando o que acabara de ser limpo. Eurídice para de lustrar a panela que tinha nas mãos e alcança um pano de prato alvejado. Com ele, limpa a mesa devagar. Depois, abre a janela dos fundos. A única que costuma ser aberta, pois dá para a vastidão do quintal, protegido pelas árvores frutíferas, e não para a rua, sempre tão movimentada pelo vaivém das gentes. Sacode o pano branco ao léu e expulsa assim a cinza que nele restara.

Pensa na morte estúpida que tivera o pai. Ela menina, quase moça, colhia espigas de milho e as depositava com cuidado na cesta de palha. Selecionava as espigas com diligência.

Ainda podia ver o pai em pé diante da porta do paiol. Os braços cruzados na frente do corpo. Nos lábios, o riso de desinteresse que parecia ter por qualquer outro mortal que não fossem as duas filhas. Diante dele, uma saca de milho aberta, para que o freguês pudesse apreciar a mercadoria. Ela se lembra. Viu quando o homem se aproximou. Tinha porte atarracado e cenho fechado. Antônio, o filho da Resumida, gente de pouca fala e muita valentia. Diziam.

Tudo aconteceu tão rápido. Eles negociavam o valor a ser pago pela saca de milho. Ouviu apenas o pai dizer:

— Por esse preço, eu ponho o milho no cocho e você come.

Ao que seguiram-se dois estalidos secos e o peso de um corpo derramou-se sobre um mundo de grãos, que cobriram de imediato todo o quintal. Foi difícil vencer aquele rio amarelo salpicado de sangue até alcançar finalmente o corpo do pai ainda quente. Da boca saíam golfadas de sangue e a tentativa de alguma palavra. O assassino já pulara a cerca de madeira baixa e cavalgava em velocidade.

Eurídice fechou a janela bruscamente.

Depositou o pano de prato sobre o espaldar de uma cadeira e voltou os olhos para uma das panelas já pendurada. Assustou-se com a própria imagem refletida. Onde fora parar a menina que há pouco morava dentro dela?

Abre com cuidado a porta da cozinha que dá para o quintal. Alcança a bacia com os lençóis já limpos e que agora só precisam do sol, para exalar da alvura o aroma de lavanda. Primeiro estende os dois lençóis, depois as duas fronhas.

Então, um acorde, tirado com precisão de uma rabeca chorosa, a fisgou. Há três dias era sempre assim. Mal o arco do rabequeiro iniciava seu movimento, ouvia-se o repicar do bronze da igreja matriz: uma, duas, três, quatro, cinco, seis vezes. Numa sincronia quase perfeita. Pouco depois, era apenas o som primitivo do instrumento invadindo o espaço. Eurídice sabia que a música vinha da casa em frente, mas nem assim ousava abrir a janela frontal para conhecer o rosto do músico.

E o dia passaria, como todos os outros, num ir e vir pela casa. Mantida imaculada como um altar, onde ela se oferecia em sacrifício. Com o entardecer chegaria o marido. Com ele, alguma novidade. Ele insistia para que a mulher saísse um pouco, mas ela sequer abria a janela. "A cobra na cabaça." Assim era chamada pelos da região. Mas Eurídice não se importava. Dentro dela, um sorriso sarcástico. Não, não exporia a intimidade de sua casa aos olhares das outras mulheres, quiçá sua beleza, resguardada como um troféu dos ares do vento e do calor do sol. Naquela casa, tinha tudo quanto precisava. E agora, até o som de uma rabeca vinha ocupar-lhe o vazio duas vezes ao dia. Como costumava receitar os unguentos, o marido farmacêutico.

Orfeu. Era esse o nome do tocador de rabeca. Ele está ali, tão próximo dos ouvidos dela, que Eurídice já sabe de cor qual será a próxima nota.

No passado, Orfeu era apenas um menino que acalentava um sonho secreto: tocar rabeca. Mas isso já fazia muito tempo. Agora estava de passagem pela cidade onde nascera o pai. Só para visitar a última tia paterna e lhe entregar a encomenda. O velho só confiava nele para tal propósito. Ele sabia bem o porquê. Jamais poderia violar o segredo daquela correspondência, que continha o último desejo do pai.

— Vai, menino! Entrega isso nas mãos da sua tia. Ela saberá o que deve ser feito.

Depois de uma semana de viagem, chegou ao destino. Agora estava ali, sentado num dos bancos da casa. Não retinha qualquer sombra de curiosidade a respeito daquele assunto secreto dos irmãos.

A velha senhora partira há três dias. Ele deixara-se ficar mais um pouco. Apresentou cansaço de estrada no conversar. A tia entendeu. Deixou comida preparada para três dias. Se quisesse frutas, era só descer alguns degraus e caminhar até o pomar. Ele percorreu o caminho duas vezes, guiado por mãos prestimosas. As solas dos pés palmilharam o chão, devorando suas reentrâncias, asperezas e suavidades. Na segunda visita, já conhecia o percurso.

Foram três dias reparadores. Então, por que não tomava o caminho que o levaria de volta à fazenda paterna? Orfeu sente a pele ser tocada pela leveza de um aroma sutil. Não é preciso ter olhos para adivinhar a brancura de roupas estendidas ao sol por mãos certamente delicadas.

Agora, Eurídice tem sobre a mesa centenas de grãos de feijão. A paciência milenar de separar os grãos chochos e as pedras com as pontas dos dedos. Ela sabe que a música vem da casa em frente à sua. É só abrir a janela. Mas apenas ergue um pouco a cabeça e dá ouvidos à escuta. A sonata invade a cozinha. Acordes ricocheteiam no espaço como se buscassem eco no vazio das panelas penduradas.

O músico levanta-se calmamente do banco. Guiado pelo cheiro de lavanda, atravessa a rua. Caso abrisse a janela, Eurídice veria Orfeu, que com seus acordes insiste em dizer o quanto há de vida lá fora. Mas sentada ela permanece. Quase estátua de sal. Ela já sabe qual será o próximo acorde. Então, acomoda a mente na paciência da espera.

A nota está ali, sob a janela, batendo insistentemente como uma promessa. Orfeu, parado diante da porta, pressente o cheiro de lavanda que exala do suor que salpica das faces de Eurídice. Quase pode tocar a película úmida. Ela para de separar os grãos. Começa a tamborilar as pontas dos dedos no tampo da mesa, acompanhando a melodia.

Entre um silêncio e outro, ele escuta essa quase resposta.

Mas a madeira da porta ainda os separa.

OS **CABELOS** DE **MELISSA**

MELISSA SE contorce em dor. Sente que o bebê está a caminho. As entranhas querendo e não querendo abrir. Presente que dessa vez sabe será diferente do que foi nos outros três partos. E só pode esperar.

A trança, tecida com esmero, repousa no espaldar de uma cadeira. A única da casa. Onde ela se sentava todas as noites e todas as manhãs para pentear a farta cabeleira.

Durante um ano cuidara de cada centímetro das mechas, untadas com banha de porco e lavadas na água da bica com sabão caseiro feito com alecrim e babosa. Uma cabeleira negra de fios fortes, grossos e saudáveis. Lera num anúncio de revista que escovar bem os fios era a garantia de cabelos bonitos.

Então, desdobrou-se na venda de verduras e legumes, colhidos diariamente da horta, e finalmente pôde comprar o objeto de toucador tão desejado, que agora repousa ao lado da caixa de pó de arroz. Únicos regalos de vaidade daquela jovem mãe, que agora desfalece entre lençóis.

Por onde andará o marido Pedro? Se muito demora com a parteira, ela sabe, não haverá chance pra quem está a caminho. Rasgando o pouco de vida que lhe restava, Melissa cortou a trança assim que o marido saiu. Sabia que ele não teria coragem de fazê-lo quando morta ela estivesse.

Um dia, enquanto lavava os cabelos, se pôs a pensar em como algo que vem assim tão de dentro da gente ganha espaço de crescimento no mundo e nada dói quando tudo é cortado.

Levantou-se e pegou a grossa cabeleira. O cheiro que vinha das mechas parecia acalmá-la.

A bacia e os retalhos de pano, empilhados ao lado dela, esperavam. Pedro preparara tudo de véspera, assim que voltou da casa da mãe, onde deixara os filhos. Nunca se sabe ao certo quando o rebento vem. Dona Inhana, a parteira, avisara: — Assim que virar a próxima lua, a bolsa arrebenta.

Finalmente, a porta foi aberta num supetão. Não demorou muito para que se ouvisse o choro miúdo do bebê. Melissa mal conseguiu beijá-lo e, ainda trêmula, ouviu Dona Inhana dizer: é menina.

— Vende a trança pro caixeiro-viajante — e continuou num balbucio. — Com o dinheiro, compra o enxoval na cidade. Ele vem amanhã. Eu cumpri com o combinado. Cuidei de cada fio. É só entregar e receber. Não chora, a menina precisa de roupa e pra onde vou, cabelo não vai fazer falta.

Pedro mal enterrou a esposa, o caixeiro-viajante bateu à porta. Lamentou pela morte de Melissa. Não sabia se devia ou não perguntar pelos cabelos.

O marido entregou-lhe a trança. O comprador achou que não era conveniente dizer que já tinha uma compradora em vista. Uma moça do Rio de Janeiro, que viera para a exposição agropecuária. Teria dito para Melissa. Talvez ela tivesse curiosidade em saber. Mas naquelas circunstâncias, isso não fazia o menor sentido. Calou.

Pegou o pacote, pagou e saiu. Não podia perder o trem.

A caminho da cidade pensou: "Bom negócio. A terceira cabeleira da semana. Mais duas dessas e fecho o faturamento do mês. Negócio bom!"

* * *

Meses depois, um homem apaixonado segue a cabeleira pela Rua do Ouvidor.

BALAIO DE **CABEÇAS**

O SOL ainda não havia nascido naquele fim de janeiro de 1920. Mas não demoraria. Melhor assim, para que pouco se veja da cena horrível. Um corpo estirado no chão. Sem cabeça.

As pernas afastadas, como se há pouco tivessem descrito no ar um passo largo, de homem alto, que caminhava apressado.

Um dos pés calça uma bota grosseira e rota. O outro, descalço, mostra uma sola calejada pelo tempo e pelas longas caminhadas sol a sol.

Sobre a camisa, salpicada de sangue, um paletó de brim, cinza, mal cortado. No colarinho, o nó bem feito e apertado da gravata parece ter sido responsável por fazer quicar na grama a parte que naquele corpo falta. Mas não foi.

O serviço foi feito por foice afiada. Certeira.

Há alguns palmos de distância, o balaio. Tombado, derramou meia dúzia de livros: latim, gramática, geografia, um *Dom Quixote*, um volume grosso de aritmética, um Gonçalves Dias.

O homem da foice se aproxima. Um riso amargo diante do corpo. Coração já não tinha. Nem nervos. Depois que se mata o décimo, tudo fica muito mais fácil. Mas, diante daquela fragilidade de um corpo que ele sabia desarmado, não foi fácil.

Só fez por ordem do ofício. Em terras sem lei. Onde matam só para ver cair, era assim. Por que o mandante pediu pra dar cabo do professor daquele jeito, sem tiro? Matador não pergunta. Mata.

Arrastou o corpo para perto da vala que acabara de fazer. Lá, jogou o corpo. Onde estaria a maldita cabeça? Caminhou de um lado para o outro. A valentia começou a dar lugar ao tremor de pernas. Seria aquilo um sinal de que matara um inocente? Benzeu-se. Puxou do peito o catarro. Escarrou. Gostava de fazer isso pra mostrar valentia a si mesmo.

Viu o balaio. Aproximou-se. Ali estava ela. No espaço há pouco ocupado pelos livros. Seus dedos afundaram na cabeleira macia. Os olhos arregalados pelo terror que vemos agora não são do matador, esses já não expressam nada, são do morto. O homem lança a cabeça dali e acerta em cheio na cova.

Como pode ter tido tanto medo há pouco? "Cabeça maldita", sussurra enquanto vê a parte que faltava no corpo ocupar lugar na vala.

Depois, cobriu tudo. Sobre a terra solta, colocou tufos de grama.

E o balaio? Esquecera de enterrar o maldito balaio. Apanhou os livros. As páginas que tantos dedos aprendizes haviam folheado diante do olhar atento do professor foram lançadas com ira dentro da cesta.

Corria dali a alguns passos, o rio. Era estranho ver aquele matador. Andando na mata: sobre um ombro uma foice e uma pá. Na mão do lado oposto, o balaio. Primeiro lançou a foice nas águas turvas, depois a pá.

Podia ter atirado todo o balaio de uma vez. Mas resolveu jogar apenas um livro. Estaria amolecendo a valentia? O primeiro volume lançado foi a gramática latina, mas isso ele não saberia. As páginas, rotas, desprenderam-se no ar, cobrindo a correnteza com palavras.

Foi então que ele se deu conta da tolice. Não que tivesse medo de ser pego. Polícia ali não havia, nem delegado, nem xerife. Justiça era feita pelas mãos dos próprios moradores. "Dente por dente, olho por olho." Mas não gostava de fazer trabalho sujo. Nem de deixar corpo sem sepultura. Se jogasse os livros no rio, o contratante poderia alegar que o professor havia morrido afogado e se recusar a pagar a segunda parte do combinado.

Então, caminhou carregando o que para ele era um fardo. A alma do morto o estaria atormentando? Diziam que de vez em quando o professor ficava louco. Saía caminhando pelo pasto, declamando poemas ou declinações latinas. Mas isso era só de vez em quando.

Era um bom professor. Ia de fazenda em fazenda, carregando com elegância seu balaio, que agora sacolejava nas mãos desengonçadas do matador. O dia já quase amanhecendo, não podia surpreendê-lo carregando aquilo.

Começou a achar que estava ficando velho para o ofício. Quando deu por si, já tinha andado tanto que não avistava mais o rio, nem a mata, mas a estrada. Para onde o estariam levando seus pés? Então largou o balaio no chão. Bem perto da estrada. E saiu em disparada à procura do cavalo, que nem lembrava onde havia deixado. Não que estivesse com medo. Era matador. Mas não gostava do sol forte. Brilhante. Denunciador.

E o balaio ali, à margem da estrada, os livros derramados.

Horas depois o legado foi encontrado e entregue à viúva. O corpo nunca.

Foi assim que nasceu a lenda. Uns diziam que à noite ouvia-se uma voz declamando poesia e sons estranhos, que mais pareciam ladainha de missa. Outros, que o professor, em delírio de loucura, havia se jogado no rio.

Os mais maledicentes afirmavam que o mestre tinha fugido com uma aluna.

A verdade continua enterrada em algum lugar da mata daquela região sem lei, onde, talvez, algum ciúme infundado tenha feito ninho no coração de um fazendeiro apaixonado ou de algum pai enfurecido pelos desejos de muito saber da filha.

A CASA do avô era a única onde realmente a menina se sentia segura. Ali o sono era bom, a mesa farta, o quintal generoso de sabores. Mas o que ela gostava mesmo era de sentir o cheiro bom da fumaça do cigarro de palha daquele que contava histórias.

Tinha aquela que falava de um moço valente que dizia nada temer e acabou tendo de ceder a garupa do cavalo ao coisa-ruim.

Também sempre pedia para o avô contar de novo aquela história da moça apaixonada que fugiu na companhia de quem realmente amava, para não se casar com noivo arranjado pelo pai.

Não gostava das histórias que falavam da valentia de alguns homens que matavam "só para ver o corpo cair", como lastimava o avô. Para provar quem mandava ali. Disso, a menina não gostava.

Essas eram histórias verdadeiras que se misturavam com as inventadas pelo avô. Eram de embalar sonhos as histórias criadas por ele, mesmo as de assombro. Depois delas, vinha o cheiro da alvura dos lençóis quarados ao sol, o ranger do colchão de capim, a brincadeira de contar os quadradinhos do forro do teto até o sono, de manso, chegar.

Mas, naquele dia, a menina tinha um nó na garganta e história do avô para desatá-lo, não havia. A mãe mandou que ela fosse de casa em casa, pedir flores, para se distrair.

Não, não foi pedido da mãe. Foi invencionice dela para tentar poupar a irmãzinha do vaivém dentro da casa.

Muita gente entrava e saía. Todos com os olhos baixos, mesmo os mais valentes. Uns vinham de longe, mas a tristeza sepultava o cansaço.

A cozinha, lugar sagrado da casa, onde o fogão a lenha sempre estava aceso, tinha outra atmosfera. A chama estava apagada. Sobre a grande mesa, cestas com bolos, trazidos por uma vizinha prestimosa, foram colocadas entre duas garrafas térmicas de café. Uma verdadeira heresia naquela casa, onde o café era mantido sempre aquecido pela delicadeza do banho-maria.

As mãos gordinhas da irmãzinha tocaram as dela e foi então que teve a ideia:

— Vamos fazer um jardim! — Puxou a outra pelas mãos e lá foram as duas. Primeiro para o quintal. Ali colheram margaridas, rosas, dálias. As mais bonitas que as hastes exibiam.

Às vezes, parava para ver um besouro morto. Se tivesse tempo, o colocaria em uma caixinha de fósforo e faria o enterro com cruzinha e tudo, como era seu costume. Mas aí se lembrou da irmãzinha ao seu lado, que sempre achava aquela brincadeira muito esquisita. Então, olhou de novo para as flores.

— Temos que escolher as mais bonitas — falava bem baixinho com a irmã. — Só uma de cada pé, se tirar mais de uma a planta chora.

— É, e assim não dói, né? — completou a menor.

— É.

As cores eram muitas: o vermelho e o branco das rosas, o roxo da dália, o branco das margaridas. As margaridas, ela se lembrava. Eram delas que o avô mais gostava. Não que tenham falado sobre isso. Mas ela sentia a forma como ele as regava com vagar de passos e ternura de olhos. Então, escolheu as mais bonitas que havia.

Esgotado o jardim do quintal, as pequenas ganharam as ruas. De mãos dadas. O vestido de ambas tinha a mesma estampa. O da mais velha de fundo azul, o da menor, laranja. Passaram, então, de casa em casa. Primeiro de um lado da rua. Depois, do outro. Quase sempre eram outras crianças que abriam o portão. Os adultos estavam muito ocupados para dar atenção aos quereres da infância. As irmãs não precisavam falar muito. Só perguntavam com voz miúda para as crianças da casa:

— Tem flor no seu jardim? A gente pode pegar?

Não era preciso falar muito. Os miúdos se entendiam, lá de um jeito muito deles.

Foi assim que algum tempo depois as meninas entraram pela porta da casa, carregando um balaio de flores. Então, a mais velha soltou a mãozinha já suada da menor e puxou a saia preta de uma mulher.

A mãe abaixou e acolheu as duas num único abraço. Depois, olhou para o pequeno balaio colorido.

— É para o novo jardim do vovô.

A mulher não enxugou as lágrimas, mas recebeu as flores e as organizou com delicadeza no caixão do pai.

Chico-Vítor era dono de uma casa de mulheres espetaculosas. Assim eram chamadas pelas pessoas do lugar porque recebiam os homens que com elas quisessem dançar, beber e, com frequência, fazer sexo por qualquer dinheiro.

O que ganhavam era usado na compra de roupas e objetos que as mulheres gostam de ter ao alcance das mãos para manutenção de sua vaidade, ainda que os recursos sejam escassos. E ali a escassez dominava.

Algumas daquelas mulheres não tinham como se manter depois da morte do marido, outras haviam sido abandonadas pelo primeiro e único amor. Havia ainda aquelas que pra lá iam porque teriam uma vida livre. Sem preocupação com os afazeres domésticos e a lida com a prole. Ali, as mulheres mandavam e tinham lá seus segredos para não engravidar e apenas usufruir da carne, o prazer.

Fato é que Chico-Vítor, homem bem casado com dona Carolina, era o proprietário dessa casa localizada nos arredores de sua fazenda. Do dinheiro das moças, não precisava. Era homem rico. Ligado aos costumes religiosos que grassavam no lugar, também não era. Tinha lá sua própria filosofia de vida.

"Se não abrigo essas mulheres, o que será delas?" — Assim pensava. E como não precisava dar a ninguém satisfação de seus atos, mantinha as despesas da casa.

Chico-Vítor morava oficialmente na cidade com dona Carolina e três filhos ainda meninos, mas visitava a fazenda com frequência:

— O olho do dono é que engorda o gado. — Gostava de dizer.

E foi num desses dias em que estava na fazenda que viu aproximar-se uma carroça, conduzida por um homem ainda jovem. Ao lado dele, ia uma moça muito recatada nos modos e no vestir. Um lenço cobria seus cabelos e grande parte do rosto também estava encoberto pelo tecido amarrado em nó embaixo do queixo. Como era costume entre as camponesas para se proteger do frio, que, naquele dia de junho, ditava as regras do vestir. A conversa foi curta.

Os viajantes traziam naquela carroça tudo o que tinham. Ele procurava trabalho. Estavam de passagem, explicou o forasteiro. Não queriam se estabelecer ali. Iam para o Rio de Janeiro, onde ele trabalharia na abertura de estradas de ferro. Por isso, viajavam com pouco. Ficariam só o tempo necessário para levantar recursos e seguir viagem. A moça permaneceu de cabeça baixa durante toda a conversa. Sobre ela, Leocádio apenas disse:

— Viajo com minha esposa, Luzia.

Nesse momento, ela ergueu um pouco os olhos, que eram tão negros como o fundo de um poço escuro, para abaixá-los em seguida.

"Devem ter se casado há pouco" — pensou Chico-Vítor. "Não têm filhos e ela não parece grávida." Poderia ter perguntado. Mas era homem de poucas palavras e a vida dos outros não lhe dizia respeito.

Em pouco tempo, estava o casal instalado em um dos casebres destinados aos lavradores que trabalhavam na terra do fazendeiro, que não dispensava bons braços por pequena paga.

Como era seu costume, aquela noite Chico-Vítor dormiu na fazenda. Fazia isso sempre no dia em que chegava. Ao amanhecer, primeiro cavalgava pelo pasto para ver a criação de gado. Depois, conversava com os roceiros sobre o plantio ou a colheita, de acordo com a época do ano. No final da tarde, era conduzido de jipe até a estação por um de seus empregados. Ali pegava o trem que o levava "pra civilização". — Como gostava de dizer.

Naquela manhã, depois de inspecionar o rebanho de gado, cavalgou a esmo. Coisa rara de fazer. Foi quando avistou uma longa cabeleira, caindo sobre ombros largos, em negros caracóis, que brilhavam como prata sob o sol. Luzia, de costas, sacudia algumas peças de roupa como para delas tirar a poeira e as dobrava com cuidado sobre um jirau de madeira. Usava um vestido comprido de tecido rústico e mangas longas. Mas nisso Chico-Vítor não pôs reparo.

Seu olhar se deteve primeiro na cabeleira e depois saltou para os tornozelos. Um deles ornado com um guizo. Foi então que ele viu o par de pés delicados, batendo lentamente no chão, como se obedecessem a um ritmo silencioso, interno, que só a moça ouvia.

Apeou do cavalo a alguns metros da jovem e caminhou com passos lentos em direção a ela. E ouviu a voz mais doce que se pode imaginar, entoando uma cantiga por certo bem antiga, em espanhol.

Ela se virou num sobressalto, ao ouvir os passos dele atrás de si. Num ímpeto, levou as mãos à boca, como se assim se sentisse vestida mais de acordo para a ocasião. Entrou rapidamente no casebre.

— Não quis assustá-la. Só passei para ver se estão bem instalados.

— Estamos, sim senhor — respondeu pela janela.

— Também queria pedir um copo d'água. A próxima casa fica longe e ainda vou passar no cafezal.

Ele não sabia muito bem por que fizera o pedido. Talvez tenha gostado de tê-la deixado pouco à vontade.

Luzia entrou. Voltou alguns minutos depois. Sobre o vestido colocara uma saia rodada e, na cabeça, o mesmo lenço da véspera. Os pequenos pés agora estavam escondidos em um par de tamancos. Nas mãos, uma botija d'água e um copo.

Chico-Vítor sorveu com gula três copos que a moça enchia a contragosto. Ele ali. Homem alto e forte. Olhar de onça farejando a presa.

— Se o senhor não precisa de mais nada, as panelas estão no fogo.

— Obrigado, dona, até mais ver. — Fez uma mesura, tocando de leve a aba do chapéu, montou e partiu a galope.

Luzia ainda ficou parada por uns instantes. O coração, não sabia ela bem por quê, em disparada.

Naquele dia, Chico-Vítor não voltou para a cidade, como era seu costume. Deixou-se ficar na fazenda. Estava cansado. Foi cedo para a cama. Mas não conseguia dormir. O corpo queimando. Nos ouvidos, aquela cantiga espanhola. Onde tinha ele escutado tal canção? Mas o que mais o perturbava eram os pés. Tão delicados, batendo com suavidade na grama úmida. E assim rolou na cama até que o dia ali veio encontrá-lo, sem ter conseguido pregar o olho por uma hora sequer.

Era homem de hábitos. Sempre fora. Achou que por isso não conseguira dormir bem. Duas noites seguidas na fazenda. Nunca passara. Então, levantou-se.

Dono de tudo que era, tomou seu café amargo e partiu em cavalgada. Resolveria tudo ligeiro e voltaria para casa no primeiro trem. "Pra civilização" — como gostava de dizer.

Primeiro passou no curral, acompanhou o nascimento de um potro. Entranhas abertas de onde a vida saía envolta em sangue. Mas não era homem dado a emoções. Deu ordens, deliberou compras, conversou ali mesmo com o administrador.

Tudo estava em ordem. Então, montou a cavalo. Deveria ter tomado o rumo da fazenda, de onde alguém o levaria à estação. Mas aquela maldita cantiga indo e vindo em sua cabeça como um feitiço. Quando viu estava ali. De novo. Em frente ao casebre. A porta estava entreaberta. Ele apeou do cavalo com calma.

Era o dono de tudo, então entrou sem pedir licença. Chico-Vítor nunca pedia licença. Mandava. Luzia estava sentada na única cadeira que havia na casa. Sobre a mesa um baralho aberto. Ela mal teve tempo de cobrir as cartas com um lenço, antes de levantar os olhos. Desta feita, não havia neles nem timidez, nem susto, apenas raiva.

Chico-Vítor era de poucas palavras. Ela levantou-se. Não gritou. Não reagiu. Era destino. Acreditava nisso. Ele ainda tentou ser delicado ao pedir que ela tirasse os tamancos.

Depois, ficou algum tempo olhando primeiro para os pés, depois para os tornozelos. Ela começou a tremer. Primeiro de medo, depois de raiva. Então, ele tirou o casaco que sempre usava. Luzia achou que era só para que ela visse o revólver, que ele trazia na cintura. Uma silenciosa ameaça? Mas ele sempre andava armado. Naquele lugar, todos os fazendeiros tinham esse costume. Isso não era comum entre os homens do grupo ao qual Luzia pertencia. Ela bem que havia insistido para que Leocádio não pedisse pouso ali. Por isso, estava tão contrariada quando ali pararam.

Estava escrito. Ela já havia lido nas cartas. Tudo foi muito rápido. Ela deitada no catre do casebre. Chico-Vítor sobre ela, rasgando suas entranhas de moça virgem. Luzia ainda tentou empurrá-lo. Talvez fosse melhor morrer do que passar por aquilo. Mas era o destino. Ela acreditava nisso. Então, ele gozou e com o gozo dele, o vermelho que dela vinha sujou o branco do lençol. Ele só falou:

— Então você e o Leocádio nunca...

— Ele é meu irmão — ela murmurou.

— Por que o desgraçado mentiu?

— Somos ciganos. Tem gente que não gosta de dar trabalho pra cigano. Leocádio me apresenta como esposa pra me proteger.

— Mentiroso, maldito! — Chico-Vítor gritou, como se o fato de ela ser esposa ou irmã fizesse ali alguma diferença. Montou a cavalo e saiu em disparada.

Luzia levantou-se. Não chorou. Ela nunca chorava. Preparou água. Banhou-se. Tudo ardia dentro e fora.

Era costume entre seu povo que alguns casais fossem escolhidos pelos líderes dos grupos. Era o caso dela. Então, libertou-se. Como Leocádio entregaria ao pretenso marido a irmã deflorada? Como ela contaria ao irmão o sucedido?

Mas não foi preciso contar nada. Leocádio não voltou para casa ao final da tarde. O baralho sob o lenço esperava. Então, era isso que significava aquela carta? Luzia nunca chorava. Mas amava o irmão. Não era preciso perguntar de novo às cartas para saber o sucedido. Então, sentou-se na soleira da porta. A cabeça entre as pernas. A cabeleira indo e vindo ao som do soluço.

Talvez chorasse pela morte do irmão, talvez pela própria sorte. Levantou-se. Tinha pouco tempo. Do lençol ainda sujo rasgou a mistura opaca de esperma e sangue. Abriu a pequena arca que a avó lhe entregara pouco antes de morrer. Dali tirou o talismã.

Quisera nunca ter que usar as palavras que ouvia a avó murmurar quando fazia seus encantamentos. Mas, desde muito pequena, fora obrigada a acompanhar tudo que a velha fazia. Depois que sua mãe morreu ou sumiu. Isso era assunto proibido. Alguém da linhagem tinha que herdar os saberes: os que curavam e os que matavam. Essa era a lei lá no grupo onde a menina Luzia nasceu.

E foi assim que Chico-Vítor adoeceu no repente de um dia. Dor forte vinha dos bagos e tomava todo o corpo. O médico afiançou que ele melhoraria com o tratamento, mas isso não aconteceu. Em três dias, o fazendeiro começou a apodrecer em vida. O fedor era insuportável. A febre não cedia. Os delírios constantes. Num desses, ele deu de ouvir a maldita cantiga espanhola e com ela veio a peça que faltava.

Ele era bem jovem. Quinze anos ainda não feitos. O pai resolveu levá-lo a um cabaré, que era onde os rapazes costumavam ter seu primeiro encontro com mulher. Foi a contragosto. A moça escolhida pela dona da casa para atendê-lo tinha uma cabeleira farta e os olhos negros como a noite sem lua. Ela cantou aquela maldita música antes de tirar dele o cabaço. Foi só o que dela ouviu.

O pai não demorou muito a morrer e Chico-Vítor, filho único, virou dono e senhor de tudo. Nunca mais se deitara com outra mulher além de Carolina. Ou quase nunca. Uma noite, cavalgou até a casa por ele cedida às mulheres e lá dormiu com uma delas. E agora essa paixão desenfreada pela jovem cigana que fizera dele um assassino. Mesmo que o capanga tenha dado o tiro. Era ele o mandante. Portanto, um assassino covarde.

Então, por mais que a esposa estranhasse o pedido, teve de obedecer ao marido e pediu que o motorista o levasse à fazenda. Tinha assunto lá só dele para resolver.

Não demorou muito para que Chico-Vítor chegasse ao casebre onde Luzia se deixara ficar por mais um dia. Apresentar-se ao grupo de ciganos, onde se faria esposa de um deles, não podia mais e, mesmo que quisesse, não conhecia o caminho.

As moças da casa espetaculosa ficaram sabendo da morte misteriosa de Leocádio, ainda tido como o marido da agora viúva, e foram levar comida e consolo.

Luzia, se quisesse, poderia ir morar com elas. Não precisaria dançar, nem se deitar com homem contra sua vontade. A moça só estava cozinhando sua dor em banho-maria. No vagar necessário para que a tristeza cristalizasse em coragem. Daí, ela ganharia o mundo. Em terras de Chico-Vítor, não ficaria por muito tempo. Mas isso para ninguém falou. Apenas aceitou o de-comer, oferecido por mãos caridosas.

Já estava ela de trouxas prontas quando Chico-Vítor bateu à porta do casebre. Ela abriu. Então, viu diante de si o que restara do homem que há poucos dias ali entrara em valentia armado.

O corpo combalido pela dor. Os olhos sombreados pela presença da morte. Ela chegou a assustar-se com o poder da própria magia.

Ele caiu de joelhos. Pediu perdão. Luzia o olhou do alto, por um momento quase fraquejou. Foi por isso que ficara um pouco mais? Era preciso ver aquele homem se arrastando aos seus pés? Ela apenas murmurou:

— O perdão não trará meu irmão de volta, nem a minha dignidade. Eu teria me deitado de bom grado com você. Estava escrito. E assim seria, no meu tempo, não no seu. E o meu irmão ainda estaria vivo. Agora é tarde, senhor — sussurrou entre dentes.

Luzia tomou as rédeas da carroça e partiu.

Chico-Vítor foi encontrado pelas moças da casa espetaculosa no dia seguinte. Foram elas que cuidaram dele até o final, poupando dona Carolina de seus gritos dilacerantes.

A **SANTA** QUE **FUGIU** DO **ALTAR**

Nasceu Manuela, pois tinha predestinação para santa. No verdume de seus olhos via-se desde cedo alguma tristeza. A melancolia dos que vieram para carregar nos ombros as dores alheias.

Tudo começou quando tinha três anos. O pai chegou em casa mais cedo no dia do primeiro milagre. Tinha dor de cabeça forte. Então, estava ali. De cócoras. A cabeça era apertada entre as mãos, numa tentativa de interromper a dor dilacerante.

Manuelinha, como era chamada pelos seus, aproximou-se. As mãos miúdas tocaram a cabeça daquele que nunca estivera tão perto. Fez apenas o que aqueles acostumados ao carinho chamariam de cafuné. Mas naquela família pouco se falavam, nunca se tocavam. Só o pai na mãe quando o corpo tinha quereres indomáveis. Gestos, só mesmo os necessários para a sobrevivência da prole: estender o prato, ajudar na troca de roupa e dar umas varadas nas pernas quando necessário. Logo cedo, as crianças aprendiam o caminho do rio, onde sozinhas se banhavam.

Então, Manuelinha, que riscava o chão com um graveto, largou o brinquedo e aproximou-se daquela coisa tão esbranquiçada pelo tempo que mais parecia uma lua cheia. E tocou-a. Tocou-a como fazia com o algodão que a mãe tinha sempre no balaio. Com delicadeza.

O homem nunca havia sentido toque tão suave. De começo, estranhou. Mas a dor era tanta, que se deixou ficar ali. Manuelinha foi amaciando aquele grande floco de algodão, enquanto cantava numa língua lá muito dela, que só as crianças entendem. Mas o homem tomou aquilo como reza sagrada, pois a dor ia, de pouco em pouco, dando lugar a uma felicidade nunca antes sentida.

Então, levantou-se. Beijou o chão onde a menina pisara e murmurou para quem quisesse ouvir, pois era de pouca fala:

— Milagre!

A menina cantou:

— Lua de algodão, subindo pro céu... — Enquanto via aquele ser enorme levantar-se.

E assim foi. Manuelinha começou a ser tratada como santa milagreira. Para ela era então estendida a melhor fruta; para ela sempre era dado um vestido novo, enquanto todos os outros filhos da casa andavam em farrapos. Até um sapatinho de verniz foi com muito custo comprado.

E os milagres continuaram. Primeiro na família. Quando o quarto irmão cortou a mão, que ficou muito vermelha e inchada, Manuelinha viu ali uma estrela brilhante e a mãe a encarregou de passar sobre a ferida o emplasto de folha de fumo. Manuelinha brincou de ser chuva molhando a estrela. Sempre inventando cantigas, naquela língua lá muito dela, que todos chamavam de reza santa.

A fama de Manuelinha foi ganhando pasto e gente vinha de longe trazendo suas dores.

Quando fez treze anos, o pai mandou fotografá-la. No fundo, uma lua crescente que dava até a impressão de que a menina santa estava em pé sobre o satélite.

Manuelinha pouco falava, pois ninguém entendia suas mensagens, em poesia, cifradas. Pouco também comia. Os irmãos é que se regalavam com os presentes trazidos em agradecimento à santa. Quase nada dormia, seus dedos sempre querendo tocar dor ainda não sentida.

O tempo foi passando e a menina se fez moça. Tinha perto de dezessete anos, quando, numa noite de lua nova, um viajante ali chegou. O pai abriu a porta. Noite escura. O moço disse que tinha lá no peito dor aguda, que parecia querer matá-lo. Tanta tristeza havia em seus olhos, que o pai deixou que ele entrasse. Coisa contrária aos rigores que envolviam a criação de santa Manuelinha, que ao sol não saía, para não se queimar e à noite não curava, para não se fatigar.

Naquela pobre choupana, o lugar ocupado por ela era um santuário. A parede estava coberta por uma colcha azul, bordada com fios de seda. Ao lado da cabeceira da cama, um castiçal com seis velas acesas e um copo de água cristalina, que era dada aos doentes. Água benta, diziam, abençoada pelos dedos de santa Manuelinha.

Sentada na única cama da casa, sobre límpidos lençóis brancos, estava ela. A santa. Os cabelos negros, jamais cortados, emolduravam um rosto que quase nunca via o sol. Os olhos verdes brilhavam ainda mais que o lume das seis chamas. Os lábios eram frescos como uma tarde de primavera no campo.

O moço parou diante daquela miragem. Assim, no perto dos olhos, ela era ainda mais linda do que na foto que a mãe dele tinha no altar. A dor no peito fê-lo desfalecer aos pés da santa.

Ela desceu do altar. Os pés eram miúdos e mal-acostumados à aspereza do chão. O pai fez um movimento para retê-la na cama. Pela primeira vez, viu uma mão espalmada em sua direção, indicando resistência. O homem entendeu e baixou a cabeça, resignado.

Manuelinha ajoelhou-se ao lado do corpo desfalecido. No peito do moço viu a rosa. Uma rosa vermelha que brilhava como sangue que do ferimento jorra. Seus dedos se aproximaram da chaga, que agora era só uma rosa vermelha. Ela tocou suavemente cada pétala da ferida aberta e sorriu.

Pela primeira vez na vida, ela sorriu. E seus dentes eram tão brancos que o quarto alumiou-se. O pai ajoelhou-se para presenciar mais um milagre. Manuela não cantou suas rezas mágicas. Não precisava. Mas disso o pai não sabia. Depois, levantou-se. Deitou na cama e dormiu profundamente como nunca antes fizera.

O moço levantou-se, recuperado. Era correspondido. Montou no cavalo e partiu.

Certa noite, não se sabe como, pois barulho algum se ouviu, a santa desapareceu do altar. O pai deu de andar daqui e dali com o retrato no bolso, perguntando se alguém vira Santa Manuelinha, que suas chagas curava.

VORITA, A MULHER AGULHA

O NOME dela era Vorita. Diziam que era mulher feiticeira. Já nasceu assim, com sina amarga. Dinheiro de berço, não tinha. Beleza, também não. Seus cabelos, sempre despenteados, davam aspecto ainda mais sombrio à sua pessoa.

Mas o pior mesmo era a maldição, que, diziam, recebera da mãe assim que veio ao mundo. Tudo se deu ainda no parto. O pai achou que aquele ser não era sangue do seu sangue, pois tinha cabelos ruços, olhos esverdeados e seu primeiro choro mais se assemelhava ao miado de um gato que tinham em casa.

Saiu batendo as portas do fundo, amaldiçoando mãe e filha e nunca mais voltou. Não demorou muito para que a mãe e o gato também sumissem da cidade, indo a menina parar na roda dos enjeitados.

Vorita, assim que conseguiu, pulou o muro da instituição de caridade e passou a mendigar, de porta em porta, o pão de cada dia. As crianças gritavam quando a viam passar:

— Vorita, o fogo apaga e nós não pita.

Ela olhava de banda, dava um muxoxo e seguia seu caminho, catando pedra, graveto e o que mais encontrasse pela frente.

Dizem que, num dia de chuva forte, com muito raio e trovoada, fez o pacto. Deu então de virar agulha. Assim transmutada, entrava nas cestas de costura das mocinhas e ficava ali, a escutar os segredos da vida alheia.

Então, as pessoas do lugar passaram a temê-la e compravam seu silêncio com comida boa, roupa bonita e adornos.

Ninguém tinha coragem de deixar Vorita, a mulher agulha, de mãos vazias. Mas a meninada continuava a sua cantoria:

— Vorita, o fogo apaga e nós não pita.

Ela parava. Sorria. E seguia em frente.

ENCONTRO NO MAR MARCADO

ELA só tinha quinze anos e a mãe não se dava conta de tudo quanto ia dentro daquela menina. Não se importava que ela ficasse na esquina não iluminada conversando com aquele moço quase desconhecido.

Na casa, pequena para tanta gente, não havia muitos espaços para os segredos trazidos da rua. Os papéis, que iam sendo amontoados na última gaveta do armário da sala, que também servia de quarto em algumas ocasiões, poderiam ter sido lidos. Se a mãe por ventura do descuido, ou da curiosidade, tivesse levado a mão ao puxador. Mas nada a conduziu ao malfadado compartimento.

A moça, dia após dia, perdia peso e apetite. As noites eram consumidas nas páginas de livros escondidos sob o travesseiro ao lado dos tocos de vela. Sulcos enegrecidos pela queimadura denunciavam marcas na cabeceira da cama, que tampouco foram notadas.

Depois do parco jantar, servido sob a luz do lampião, a moça subia os degraus da escada esculpida no barranco e só voltava para casa quando a lua confirmava o meio do céu.

Um dia, ela deu de falar sobre histórias de outras gentes. Seres descidos das estrelas. E que tinham permissão para habitar os dois mundos; o celeste e o terrestre. Pessoas que, tendo encontrado morte pagã no oceano, viravam constelação no firmamento e já eram tantas quanto as estrelas-do-mar.

Ninguém na casa punha reparo nas palavras da moça ou dava ouvido às suas histórias estranhas. Nem mar naquelas terras havia. Esquisitices de menina que está para se fazer mulher.

Ela, de tão magra, anilava, deixando entrever, na translucidade da pele, as veias ressaltadas. Pouca força sempre mostrara para os afazeres da casa, mas não conseguir lavar a louça do almoço, já era demais. A mãe assuntou com uma comadre. Prepararam garrafada de ervas.

— Isso é coisa de menina que começa a perder sangue demais nas regras, vai ficando de anemia no sangue — sentenciou a rezadeira.

A contragosto, a moça sorvia a grandes goles o conteúdo amargo, servido a cada refeição, mas lambia os lábios, mostrando prazer para subjugar a dor. As histórias que trazia daqueles encontros com o moço eram deitadas com cuidado na gaveta.

Uma noite, demudada, não quis sair do quarto. Olhava pela janela. Os sulcos serpenteados no barranco em forma de escada pareciam estar longe demais. O moço desceu. A mãe reparou naquele jovem robusto, de tez morena, olhos negros e amendoados. Dentes miúdos e afastados ocupavam uma boca larga e carnuda. Tinha um sorriso tímido, que comungava com a maciez de uma voz rouca e melodiosa. A cabeça sem pelos reluzia, quase ofuscando a luz tênue que o lampião a gás insistia em derramar no aposento. Nas mãos um desenho. Sob ele entreviam-se frases esparsas, escritas em azul tão azul quanto o esboço de corpo que as ilustrava.

Filtrada pelo lampião, colocado na frente das cortinas de plástico, que impediam a entrada da chuva pela janela ainda sem vidraças, a noite refletia-se no rosto do jovem casal.

Uma criança soluça no quarto ao lado. A mãe sai da sala deixando os jovens sozinhos. Ele abre a mão da moça, que cede sem resistência, deposita nela o presente. Depois, tão silente quanto entrou, partiu. E nunca mais se ouviu falar dele naquelas paradas montanhosas.

Na manhã seguinte, o chamado insistente da mãe não foi atendido. O primogênito, contrafeito, arrastou-se até a cozinha para esquentar o leite da caçula. Ouviu-se o grito rouco da outra irmã, quase mocinha, que dividia o quarto com a mais velha. Abriram a porta. Uma poça d'água muito azul ocupava o lugar de um corpo desenhado na maciez do lençol. Diante dos olhos estupefatos da mãe, os traços se desfaziam em evaporação. Primeiro as partes baixas do corpo: as pernas, o dorso. Depois, a cabeça, os braços. E, finalmente, as mãos, um pouco crispadas, como num último desejo de salvação. E de tudo só restou um filete d'água glauco e cristalino que mal escrevia: "No mar, te encontro no mar".

* * *

Tudo começou numa tarde de setembro, eu, sentada no convés do barco, acariciava um ventre intumescido pela presença de um fruto desabençoado. Filho gerado assim, no fogo de um amor proibido, no mundo não encontrará berço que o embale. Então, berçava-o dentro de mim, entoando a única cantiga que na infância ouvira, enquanto meu ele pudesse ser.

Meu pai já havia acordado com os patrões, não haveria escândalo. O casamento do moço--amado, marcado para o final do ano com a filha do fazendeiro rico, aconteceria, mesmo sem a querência dele.

Eu ainda o avistava como uma miragem acenando do porto, enquanto meu rosto tentava ocultar-lhe a verdade escondida num sorriso. O filho por nós festejado seria entregue feto aos cuidados de uma parteira que, por misericórdia, o enterraria sob as abas de uma frondosa bananeira, como é costume na região. Eu, de volta dessa curta viagem à casa de minha irmã mais velha, que providenciara tudo, diria que numa queda de descuido sangrei até expulsar do ventre o filho desejado.

"E se eu não fizer isso?" Ousei perguntar ao pai, que já armara o braço para desferir o golpe tão logo abri a boca, fazendo meu corpo tocar o chão. "Desgraçada, nem mais uma palavra. Tinha que se engraçar de rolar com filho de gente poderosa. Pôr encanto em olho de moço rico."

Pouco falava com meu pai, mas eu sabia que sob essa raiva repentina ocultava-se sua verdadeira intenção: tirar do meu estado algum proveito. Quando ele soube do caso pela boca do moço-amado, que disse comigo querer se casar, de bom grado, se dispôs a falar com o patrão.

Voltou animado. No dia seguinte, meu pai lançou a rede de um barco pesqueiro novo que há muito cobiçava. Foi quando me comunicou que eu deveria visitar minha irmã mais velha ou ele mesmo daria conta de fazer em mim o serviço da parteira.

Parti. As ondas balançavam o barco como se entendessem a cantiga por mim entoada e com ela quisessem fazer coro. Esse zunido foi me envolvendo como reza brava. Quando me dei conta, já havia feito o prometido. Disse sim, que o mar levasse meu ventre e com ele o filho que nele berçava. Maldita, mil vezes maldita essa boca. Tão logo proferi essas palavras, o céu límpido cobriu-se de sombrio e uma turbulência de águas fez o barco rodopiar num redemoinho desassossegado que arrastou consigo almas inocentes.

É sim, senhor, no meu delírio egoísta, não me dei conta de que minha oferenda sepultava dezenas de almas inocentes que aquele barco transportava.

Gemidos de dor e angústia entorpeceram os ares numa orquestra infernal. E pus a perder não só a minha alma, como a do moço-amado e de todas as moças que com ele se engraçassem, mesmo estando a mil léguas do mar. Foi esse o esconjuro que cada alma inocente lançou quando ficamos plasmando naquele plano onde é permitido à alma ter um outro entendimento das coisas desse e de outros mundos.

E assim é. E assim sempre será. Ele, homem-boto, sai pelo mundo seduzindo moças com seus poemas e desenhos. Até que elas se transmutam em água e vêm ao meu encontro no mar. E assim é... E assim para todo o sempre será.

CONDENSAÇÃO E DESLOCAMENTO

Ela sai do apartamento localizado no terceiro andar. Está acompanhada pela mãe e a irmã caçula. Já se encontravam na portaria quando alguém pergunta se ela havia trancado a porta da casa. Ela não se lembrava. E o som? foi desligado? Sim. Disso, tinha certeza. Desligou o som, pois ninguém ali gostava de música, somente ela.

Deve subir, sozinha, para verificar se a porta fora trancada. Ela não verifica se a porta está fechada ou aberta, apenas entra. Sabe que se trata do seu apartamento antes de reconhecê-lo como seu. Segue pela passagem carpetada, que contorna a sala. E depara-se com a janela-porta. Vidraça ampla, aberta de frente para a rua. Foi então que percebeu: aquela era mesmo sua casa. Possibilidade de queda livre para a vida. Sublime emoção diante de todo o perigo que poderia viver.

Já não havia ido tão longe só para verificar se a porta estava trancada, pois não retornou para encontrar-se com a mãe e a irmã.

A planta aquática, comprida rama composta de várias e pequenas folhas, presente da irmãzinha, que lhe dissera: "Coloque-a estendida sobre a água e aguarde", estava sobre a mesa. Olhou para a planta e a viu crescendo, organizada em redondilhas, que lembravam ninhos. Ninhos estendidos sobre a água. A água intocada pela planta, mas sob ela numa aparente levitação.

Agora já é outra locação: um ônibus. Está a caminho da casa da mãe. Trajada pela nudez, sente-se incomodada. Busca calçar os sapatos, tirados dos pés quando se sentou. Sabia que um dos pés estava sob o banco da frente. O outro, lembrava, fora lançado ao lado de dois assentos posteriores. Essa busca a obrigaria a levantar-se. Sua nudez seria descoberta pelos outros passageiros. Levantou-se com dificuldade. Temia ser vista. Tentava cobrir-se e se debatia diante da estranha possibilidade: estar nua dentro de um ônibus.

Quer sair daquela situação, mas não tem para onde. Não sabe como, mas encontra um casaco feito pela mãe. (Aquele mesmo que usava quando ficara de castigo na escola. O nariz tocando o quadro-negro. Só porque pedira à colega da frente que lhe alcançasse o lápis que havia caído no chão. Ouviu seu nome composto ser pronunciado com autoridade pelo professor. Um comando que pela primeira vez em sua vida de estudante a colocava no ridículo do castigo. Sumiu ainda mais dentro daquele casaco mal talhado e comprido. Como se não bastasse, a diretora, que quase nunca visitava a classe, resolveu dar o ar da graça. E com a rigidez engomada pelo seu hábito de freira desferiu-lhe um sermão.) Agora aquele casaco apareceu misteriosamente para abrigá-la dos olhares inquiridores. Sabia estar sem nada sob aquele traje que, à guisa de enfeite, trazia nos bolsos âncoras. Como se ela fosse um navio à deriva. Encontraria a nau algum dia porto?

Desce do ônibus. Ao longe avista os irmãos, a mãe e um policial. Pergunta sobre o que havia acontecido. O filho da vizinha matara vários frangos da mãe. A polícia viera para apurar os fatos. O frango degolado, que a mãe segura nas mãos, é a prova factual. O rapaz deveria comê-lo: "Matou, tem que comer". No quintal fronteiriço à casa onde reencontra a família há patos presos em gaiolas. O irmão do vizinho traz um no colo. Quer restituir a ave degolada pelo outro?

Entra em casa. Escuta a tosse do irmão mais velho. A mãe lhe adianta que o primogênito está escarrando sangue. "Você também deve se cuidar. Não estudar tanto."

A avó, sentada no sofá, repete a ladainha de sempre. Refere-se à péssima escolha da mãe: "Casar-se com um homem mais velho e ainda por cima negro". As costuras sobre o colo. O dedo espetado é levado à boca para estancar o sangue, mas a gota persistente escorre e mancha o tecido que estava sendo cerzido. O fio vermelho se mistura à linha que sai da agulha, mas a avó dá continuidade à tessitura.

Outra cena. Ela está sentada em uma sala da universidade. Aula de literatura. A realidade agora é outra. Pode-se conversar, discutir em aula. Um amigo escreve uma frase de Oswald Andrade no quadro, possivelmente extraída da obra *A Morta*.

Volta à casa da mãe. A avó ainda costura, agora à máquina. Oferece-lhe uma calça masculina, que não lhe fica bem. O contato com aquela roupa, supostamente de um homem, não lhe agrada. Preferia um vestido.

Procura um vestiário para trocar-se. Entra. Vê alguns rapazes saindo do banho. Queriam estudar um texto de teatro no banheiro. Ela os reprova: "Isso é desrespeito com uma obra de arte". Fala. Não sabe por quê, mas deve trocar de roupa. Vê, então, que está usando roupas femininas e não a calça de homem, costurada pela avó. Perde-se em explicar para os amigos que está sonhando, que estava ali, mas não estava. Tentativa inútil. Isso parecia ser, mas não era um sonho.

A **MALDIÇÃO** DE **AFRODITE**

Mariana nunca fora uma mulher demasiadamente vaidosa. Mas naquela manhã saiu determinada a comprar um batom. Coisa simples, cor de boca. Parou diante da loja. Entrou. Foi direto ao mostruário de cores.

Logo foi abordada por uma mocinha de tez clara, pele ainda não marcada pelos sofreres que se acumulam com o tempo. Foi preciso algum esforço para que Mariana adivinhasse isso sob a carregada maquiagem. Quantos anos teria aquela vendedora? Dezoito, vinte no máximo.

A jovem pergunta o nome da cliente. Elas sempre fazem isso nas lojas femininas de roupa, sapato ou maquiagem. Uma forçosa aproximação. Como se saber o nome do outro abrisse uma porta para a intimidade e facilitasse a venda. Esse artifício, Mariana conhecia bem. Por isso, de vez em quando, mentia. Falava outro nome. O primeiro que lhe vinha à mente.

— Afrodite. — Respondeu de pronto.

Mas a vendedora não repetiu o nome. Tampouco se apresentou, como costumam fazer as mais experientes. Foi direto ao assunto:

— No que posso ajudá-la, dona Afrodite?

— Quero um batom claro. Para o dia. — Respondeu Mariana, agora Afrodite.

A deusa deve ter ficado injuriada com tanta hipocrisia. Onde já se viu, uma mulher se passar por Afrodite e pedir um batom cor de boca? Então, dos lábios em formato de coração, aparentemente inofensivos da vendedora, partiram farpas ferinas.

— Por que a senhora não leva este? — Fala já alcançando uma bonita embalagem. — Tem minerais, filtro solar e vitamina E. Protege os lábios do envelhecimento.

Mariana suspirou fundo. Já não havia salvação. Caíra na cilada da vingativa deusa. Comprou o batom e voltou correndo pra casa. O coração palpitando mais do que ela gostaria.

Trancou-se no quarto. Abriu a caixinha. As mãos vacilantes. Como deveriam estar as de Psique quando abriu a caixa que lhe fora dada por Afrodite, durante a malfadada travessia em busca de Eros. Olhou-se no espelho. Não para a totalidade do rosto, como fazia ao pentear-se. Olhou praquele rasgo situado bem acima do queixo. Aquela abertura por onde entra o alimento e saem as palavras. E viu. Como se usasse uma lupa que tudo aumenta; rugas. Centenas de riscos miúdos, cobrindo-lhe o lábio inferior.

Sim, os lábios envelhecem.

Mariana passou suavemente a língua pela extensão daquela pequena porção de carne. Mas não encontrou nela a suavidade de outrora. Só sentia os sulcos, as crateras escavadas pelo tempo. Lembrou-se do primeiro beijo na boca. O inesquecível primeiro beijo. Tentou esboçar um sorriso. Todos diziam que ela tinha um belo sorriso. Sorriu. Mas isso aumentou ainda mais seu desespero. Os riscos aumentaram de extensão. Ganharam proporção exorbitante. Teve medo. Parecia que engoliriam todo o resto do corpo. E ela passaria, então, a ser apenas uma boca. Uma boca enorme e irremediavelmente enrugada. Essa imagem a fez rir. Rir de gargalhar.

E lembrou-se de Deméter em sua busca desesperada por Perséfone. Daquele momento em que fora ajudada por Balbo, a deusa que no lugar da boca tinha uma vulva enorme, que contava histórias sujas e anedóticas, que fizeram rir Deméter, restituindo-lhe as forças necessárias para que fosse em busca da filha na morada de Hades.

E o riso convulsivo ganhou ainda mais força. Tanta, que foi de fazer Mariana rolar pelo chão.

Depois, ela levantou-se. Colocou seu vestido mais bonito e saiu. Era preciso comprar flores para a escrivaninha.

Mas da próxima vez seria apenas ela mesma. Pois que com Afrodite duas vezes não se brinca!

DO **OUTRO** LADO **DA** LINHA **DO** TREM

As personagens

Pitanga: Ele é o filho da meretriz. Menino miúdo, sempre calçado com havaianas. Veste short de duas cores, camiseta cerzida e muito limpa. Tem nas mãos um balaio de carambolas.

Menina: Ela é a filha da jovem viúva. Sardenta. Tem os cabelos penteados em tranças. Usa uniforme escolar típico da década de 1970: saia plissada, camisa branca, sapato boneca vulcabrás e meias três quartos.

A meretriz: Mulher com cerca de 35 anos. Bem fornida de formas e curvas, quase gorda. Veste-se com simplicidade. Usa maquiagem carregada.

A jovem viúva: Mulher de 37 anos. Morena, muito bonita. Na ocasião, veste penhoar rosa de renda sobre uma camisola da mesma cor. Bem penteada, sem maquiagem.

O CENÁRIO

Uma rua estreita montada com casas pequenas, geminadas, com janelas de madeira de duas folhas, bem baixas. A rua termina numa linha de trem. Do outro lado da linha, uma ruela de casas ainda mais simples. Quase miseráveis. Se um transeunte caminhasse pela linha do trem por trezentos metros, ao lado direito das paralelas de trilhos, veria uma área delimitada com uma corda. Ali, foram colocados um carrossel, uma roda-gigante e duas barcas-gangorra. Nada se movimenta.

PRIMEIRA TOMADA

Sete horas da manhã. A menina sai de casa, sozinha. Como faz todos os dias na ida para a escola. Às vezes, desobedecendo às ordens ex-

Silêncios no Escuro

pressas da mãe, corta caminho, passando pela ruela proibida do outro lado da linha do trem. Não tem pressa para chegar ao grupo escolar, sempre sai cedo de casa. Mas quer ver, mesmo que de longe, o menino Pitanga com seu balaio de frutas.

Ao avistá-lo, sempre pensa em como ele, tão miúdo, consegue carregar o balaio. Daí, o peso da mochila que tem às costas também incomoda. Segue. O menino tem o corpo pendido para o lado do balaio, como se a proximidade do solo tornasse mais leve o fardo. Os pés parecem gelados no chinelo de dedo de sola gasta. As crianças são tímidas demais até para uma troca de olhares, mas hoje ele está diferente. Fala.

— Quer comprar uma carambola? Se você tiver um cruzeiro, ainda tem troco.

A menina não esperava por isso. Saiu correndo assustada.

Sempre quis ser amiga daquele garoto. Por que não estender a mão com o dinheiro, pegar a fruta e seguir em frente? Mas só conseguiu fugir correndo.

Outro cenário

Grupo escolar durante o regime militar. Crianças, ordenadas em fila, assistem ao hasteamento da bandeira nacional com a mão direita sobre o coração.

Segunda tomada

A menina chega ofegante à escola. O coração descompassado. Nem cantou direito o Hino Nacional, que sabia de cor e achava lindo, mesmo não entendendo o sentido da maior parte da letra. A manhã parece não ter fim. No recreio, entre a algazarra dos colegas, lembra da frase:

— Quer comprar uma carambola? Se você tiver um cruzeiro, ainda tem troco.

Nesse dia, não gastou o dinheiro com merenda. A pataca voltou no fundo da mochila. Apenas pensou: "Amanhã compro a carambola e como na hora do recreio. Minha mãe não precisa saber que atravessei a linha do trem..."

Silêncios no Escuro

MUDANÇA DE CENÁRIO

A mesma rua estreita da primeira tomada: casas pequenas, geminadas, com janelas de madeira de duas folhas, bem baixas. A rua termina numa linha de trem. Do outro lado da linha, uma ruela de casas ainda mais simples. Quase miseráveis. Se um transeunte caminhasse pela linha do trem por trezentos metros, ao lado direito das paralelas de trilhos, veria uma área delimitada com uma corda. Ali foram colocados um carrossel, uma roda-gigante e duas barcas-gangorra.

Um pipoqueiro, que também vende algodão doce e maçã do amor, atende alguns clientes. Agora está tudo iluminado e em movimento. Casais e crianças ainda perambulam entre os brinquedos.

TERCEIRA TOMADA

São quase dez horas da noite. A jovem viúva, perfumada e penteada, abre a janela e se debruça, olhando a roda-gigante em movimento lento e contínuo, quase parando.

Uma mulher vem correndo da ruela e, pela primeira vez, atravessa a linha que separa a zona de meretrício das "casas de família". A viúva fica hirta de susto e medo. Não sabe se fecha a janela e vai para junto dos filhos ou se sai correndo em busca de ajuda. Tudo acontece tão rápido. Vê apenas um corpo de mulher que cai sob sua janela, estendendo as mãos num último pedido de socorro.

A mulher de rosa tenta alcançar a mão encharcada de sangue que desliza pela parede. Um homem passa ofegante. Joga a arma do crime ao lado do corpo e corre. Outros vizinhos se aproximam apressados. A menina de tranças acorda assustada. O irmão mais velho faz sinal para que ela não se levante.

— A polícia tá vindo. Mataram a mãe do Pitanga.

Ela cobre a cabeça com o lençol e soluça baixinho, ouvindo a frase: — Quer comprar uma carambola? Se você tiver um cruzeiro, ainda tem troco.

O **QUE** A **VITRINE** GUARDA

ELA ERA bem pequena, quatro anos ainda não tinha. Caso tivesse, o pai já teria adoecido. E naquele dia de verão, quente, muito quente, era o pai quem a conduzia pela mão. Iam atravessar a rua. Ela com os cabelos penteados em cachos, certamente adornados com uma fita azul ou rosa.

Estava quente, muito quente, disso ela se lembra. Um ônibus passou, levantando poeira. O pai pressentiu-lhe o incômodo vindo aos olhos. Abaixou-se para erguê-la. Era um homem forte, bem forte, pelo menos assim acreditava a menina. Ela, miúda, os olhos ardendo por causa da poeira que entrava. Esfregou-os com as mãozinhas. Quando os abriu, já não havia ônibus, nem poeira.

Tudo era diferente visto ali de cima. Então, tudo clareou. Ela viu. Ele era a coisa mais linda que se podia ver ali do alto.

Ela avançava naquele movimento oscilante de quem não caminha com as próprias pernas. As mãozinhas estendidas, fazendo movimentos de querer pegar, como só as crianças pequenas fazem quando querem muito alguma coisa. Mesmo que ela esteja bem longe do alcance das mãos.

Ele era tão delicado. Estava de pé, olhando para ela do outro lado da rua, cada vez mais próximo. Então, de súbito, ali estava ele. Perto dos olhos, mas ainda longe do alcance das mãos. Atrás da vitrine.

Ah! Como ela quis para si aquele boneco. Lindo. Um menino, por certo, não era como a boneca que ela tinha em casa. Aquele era um menino, sua tez morena brilhava ao sol. A menina esperneou no colo do pai. Ele percebeu. Parou. O dono da loja saiu, para cumprimentá-lo. Brincou com ela. "Que bonequinha linda." Talvez tenha dito. Disso ela não se lembra, só tinha olhos para ele: o boneco de louça. O lojista percebeu:

— Esse não é pra vender, neném, é pra proteger a loja.

Mas ela o queria, queria tanto. Embirrou. O pai deve ter prometido qualquer coisa, talvez tenha tentado explicar, talvez tenha ralhado com ela.

O sol estava quente. Disso, ela se lembra. Suspirou, fez bico de choro, o pai se despediu do lojista e seguiu caminho com ela no colo. O menino de porcelana ficou lá, olhando pra ela. Ah! Se ele estivesse à venda... Certamente o pai o teria comprado, ou não... Como sabê-lo?

O que o vendedor não sabia é que a loja não tinha mais proteção. O boneco foi embora nos olhos da menina, mas ela também não sabia que aquele era seu último passeio no colo do pai.

A LIÇÃO DO TEMPO

O DIA amanheceu quente. Como era de costume naquela época do ano. A pequena Ana já estava acordada. As mãozinhas gorduchas tentam em vão pegar as nesgas de luz filtradas pelas frestas. Calça as chinelinhas e vai ao quarto dos pais. A mãe já havia se levantado e preparava o café na cozinha. O pai, aposentado, deixava-se ficar um pouco mais na cama.

— Acorda, pai. Vamos!

Ele ronca, fingindo que ainda dorme. Ela toca o pai com os dedinhos, numa tentativa miúda de provocar-lhe cócegas. O pai sorri e beija os cabelos cacheados da menina. Depois, levanta-se. Enquanto ele escova os dentes e se penteia, Ana permanece ali, indo e vindo com seus passinhos arrastados, quase se enroscando nas pernas do pai como um gato.

— Hoje já é manhã, pai. Você prometeu.

— Calma, filha, o dia mal começou.

A mãe se aproxima. Pega a filha no colo dizendo:

— Vem, Ana, vamos tirar o pijama.

Ajuda a menina a trocar-se. Organiza os cachos com cuidado, um a um. Os dedos apressados, indo e vindo de um lado para outro em torno da cabecinha loura da filha. Até que olha pra menina e sorri satisfeita com o resultado.

Depois de sentá-la à mesa e entregar-lhe o copo de café com leite e o pedaço de pão com manteiga, vai ao quarto do filho para acordá-lo.

Ana sorve o leite pelo canudinho com pressa. Hoje não tem tempo para fazer bolas barulhentas, como é seu costume. Nem de amassar o miolo de pão para fazer bichinho.

Termina e corre para o quarto em busca do pai.

— Pronto, pai. O dia já começou, comi e bebi tudo. Posso ir?

O pai sorri e a conduz pela mão novamente até a cozinha.

— Calma, Anita. É feio chegar na casa dos outros tão cedo.

— Mas já é tarde, pai, a Tuca tá me esperando de manhã. E agora já é de manhã.

O pai parte o pão com calma. Enche o copo com o café fumegante. A filha, já quase emburrada, olha. O rostinho rechonchudo enterrado entre as duas mãos. Os cotovelos apoiados sobre a mesa, as perninhas indo e vindo num balanceado ansioso. Os olhos acompanhando o ir e vir da faca, que agora amanteiga lentamente o pão. Parece-lhe uma eternidade o tempo que o pai leva para mastigar cada naco.

— Você tá demorando muito pra responder, pai. Posso ir?

O irmão se aproxima sonolento. Resmunga um bom-dia e senta-se à mesa ao lado do pai.

— Anda, responde. — A garotinha insiste, enquanto puxa a manga da camisa do pai.

— Calma, filha. Vai ver a Tuca ainda nem acordou.

— Já acordou sim, porque a mãe dela gosta de lavar roupa bem cedinho.

O pai abriu um sorriso.

— E como você sabe disso?

— Ué, a Tuca me falou que antes do dia nascer, a mãe dela já começa a lavar roupa e o dia já acordou faz um tempão.

— Tá bom, filha. Pode ir brincar. Mas vou marcar o tempo. Você tem... cinco minutos. — Fala enquanto consulta o relógio de pulso.

Autorização dada, Ana desce do banco e corre em direção ao portão que dá passagem para o quintal da vizinha. Tuca está de cócoras, picando mato em uma panelinha de ferro, colocada em cima de um fogão invisível. Quer dizer, ela via as labaredas e até sentia o calor do fogo. Ana olhou em volta.

— Cadê a Teca?

— Já foi pra escola. — Tuca respondeu.

— Assim não vale. Você falou que ia deixar eu brincar com sua boneca nova.

— Ué, eu deixo, mas ela já foi pra escola.

Essa conversa iria longe, mas as meninas são interrompidas pela voz de um garoto que grita do outro lado do portão.

— Anita, o pai tá chamando.

Ana bate o pé, como sempre fazia quando estava com muita raiva, e corre pra casa fazendo muxoxo. Mal entra na cozinha, choraminga.

— Pai, mas não deu pra brincar nadinha...

— Eu falei cinco minutos e você aceitou.

— Mas, pai, nem deu tempo da Teca voltar da escola.

— E quem é a Teca?

— A boneca nova da Tuca.

O pai abaixa-se e beija a filha na testa.

— Tô brincando, Anita, pode voltar pra casa da sua amiga. Isso é só pra você saber que cinco minutos pode ser muito ou pouco tempo.

A menina sai correndo em direção ao quintal. E o pai fica ali, sentado, olhando uma mosca que pousou na borda do copo. Quanto tempo de vida ela ainda teria?

O BARULHO às vezes começava suave e progressivamente ganhava velocidade. De outras, o movimento do pedal era tão veloz que Ana ficava por muito tempo com um retalho na mão, à espera do melhor momento para amarrá-lo na roda-carrossel.

E a engrenagem, protegida pela estrutura de metal em forma de aranha, girava cada vez mais rápido, conduzida pelo pé do pai. Outrora o passo era firme, agora, não mais. Devagar, ele arrasta-se até o velho balcão. Alcança a tesoura grande de ferro. A tentativa vã de abri-la e fechá-la logo o irrita. Nem para isso o braço tem mais serventia. Antes era tudo diferente, cortava, alinhavava e costurava vários ternos ao mesmo tempo. Os dedos tremem ao pegar um pedaço de giz, que rola da mão adormecida e quase sem movimento.

Lembrou-se da pequena Ana, amarrando retalhos coloridos na roda da velha Singer. Ele fingia não ver o esforço dela. De repente, reduzia o movimento das pedaladas, enquanto abria o pequeno compartimento para recarregar a carretilha de linha. Ela ouvia o estalido da portinhola sendo aberta. O pai com os pés sobre a estrutura retangular de ferro. Rápida, a menina amarrava os pequenos retalhos na roda. Quase batia palmas de alegria, mas não podia desconcentrar o pai. Ele andava nervoso com a quantidade de entrega por fazer. Ela era bem pequena, mas sabia.

Outro estalido, era o compartimento sendo fechado. Os pequenos pedaços de tecidos ganhando cores diferentes a cada movimento rápido da roda: azul-amarelo; amarelo-azul, azul--amarelo. Ela não sabia do que gostava mais: se de ver os pequenos pedaços de tecido virando cor em movimento ou se de ouvir o assobio do pai. Talvez das duas coisas. De repente, ele parava. Distraído já da presença da menina de rosto sardento, escondido entre a cabeleira cacheada. Ele ia rápido do banco ao velho balcão, que ali tinha serventia de mesa de corte. Avaliava a costura. Se dava um muxoxo, Ana sabia que não estava bom, que o pai desmancharia parte do já-feito. Ela aproveitava para trocar as tirinhas de tecido por outras. Agora verde-vermelho, vermelho-verde, verde-vermelho. Se o assobio continuasse ininterrupto, ele logo voltaria à máquina. Daí, ela teria que se contentar com o amarelo-azul, azul-amarelo, amarelo-azul, por mais um bom tempo.

Devagar, usando apenas a mão menos atingida pelo derrame, ele arrumou a mesa-balcão. Dobrou os moldes, colocou-os com calma na gaveta. Sobre eles pousou a grande tesoura de ferro, arrastada mais pela dificuldade de erguer o peso, do que pela cautela com o objeto querido. Fechou a máquina com vagar de mãos trêmulas. Avistou os retalhos de pano verde-vermelho, vermelho-verde, verde-vermelho, que enfeitavam a engrenagem de ferro. Sorriu ao apagar a luz.

* * *

Ana alcançou com dificuldade o pedaço de giz, caído atrás do velho móvel de madeira. Com ele passou a desenhar no piso de vermelhão: um sol, uma casa com jardim, um pato na lagoa. Uma chuva que cai de repente e molha tudo. Os pingos d'água transformam-se em chuva trovoada que tudo alaga, sem dó nem piedade, em riscos e rabiscos que cobrem todo o desenho.

— O choro dessa menina ainda me mata.

A frase ecoava pelo cômodo sem encontrar ressonância de compreensão na cabeça da pequena Ana. Então, era isso. O choro dela, de menina birrenta, exigindo o colo do pai, ainda que frágil, ainda que retorcido pelo derrame, matava?

A pequena decidiu-se, — pois lá dentro dela, ainda que miúdas, algumas vontades prevaleciam e ganhavam força —, não ia mais chorar. Não choraria nunca mais. Nem quando se machucasse, nem quando sentisse raiva do irmão, nem quando ficasse com ciúmes da irmãzinha, que não sai do colo da mãe. Não choraria nunca mais. As mãozinhas gorduchas indo e vindo sobre o desenho traçado no vermelhão do chão encerado com esmero pela mãe. Não choraria nunca mais. Nem se a mãe batesse muito nela por ter rabiscado todo o piso. Nem assim choraria. A voz do pai murmurando, enquanto tentava pegá-la com os braços fragilizados pela doença:

— O choro dessa menina ainda me mata.

Mas ela só queria o colo quente do pai. Isso lá era muito de se querer?

Lembrou-se do barulho da tesoura de ferro, enorme para ela, que fazia um barulho suave quando cortava as fibras do linho e rangia com esforço ao abrir caminho no brim. Agora o quarto estava mergulhado no vazio silêncio. Ela acomodou o corpo miúdo no pedal de ferro. Moveu o corpo de um lado para o outro num balanço lento. Mas os retalhos eram só retalhos, verde-vermelho; vermelho-verde; verde-vermelho. Nunca mais virariam cor em movimento. Tinham matéria densa, como aquela dor que ardia dentro do peito dela menina. Mas Ana engoliu em seco. Nem uma lagriminha poderia cair de seus olhos. Prometeu a si mesma. Lembrou-se da frase do pai:

— O choro dessa menina ainda me mata.

Por que o pai dissera aquilo e depois de colocá-la no chão com cuidado, sentou-se no sofá de espaldar vermelho? Ela ainda tentou entregar para ele a bolinha de borracha vermelha. Isso parecia deixá-lo mais tranquilo. Mas de nada adiantou. Da boca do pai saiu uma golfada de sangue. Vermelho como o sofá, como a bolinha, como a lâmpada-sirene que girava no teto do carro que veio buscar o pai. Naquela época, ela nem sabia que aquele carro se chamava ambulância.

Dias depois ele voltou, mas a menina nunca mais chorou a pedir seu colo ou qualquer outra coisa que fosse. A casa silenciosa ficou ainda mais silente. Pelo menos aquela parte da casa, onde ela gostava de ficar sozinha. Cada vez mais sozinha. Sobretudo depois que o pai foi levado em uma caixa escura para um lugar que ela não sabia onde ficava, e nunca mais voltou.

Dá impulso ao corpo, o movimento faz com que a roda de ferro gire com força. O carrossel de cores ganha forma de nave espacial. "Pra onde ir?" Ela pergunta. "Pro céu", responde, alterando o timbre de voz. Mas nada se move em volta e a pequena por muito tempo sequer pôde chorar pela ausência permanente do pai, ou por qualquer outra coisa.

Dentro dela aquela frase por muito tempo se repetiu:

— O choro dessa menina ainda me mata.

Mas um dia, a menina deu de sonhar que o pedal da velha máquina de costura do pai era uma nave espacial. Pedalava com força até alcançar o céu. As nuvens se afastavam e ela avistava o pai sentado. Não em um banquinho, mas em uma cadeira bonita, de espaldar enorme, e ele a acolhia em um abraço confortante.

Ana sentava-se naquele colo macio e quente. Um tempo depois o pai falava: "Agora você tem que voltar pra casa". Ela descia do colo a contragosto e não com pouca frequência acordava com a friagem do chão. Quase sempre caía da cama quando tinha esse sonho. Foi daí que lhe sobreveio o irremediável medo de altura, mas também a crença em mundos desconhecidos.

Título	Silêncios no Escuro
Autora	Maria Viana
Editor	Plinio Martins Filho
Produção	Aline Sato
Design e diagramação	Negrito Produção Editorial
Fotografias	Laura Campanér
Capa	Negrito Produção Editorial (*projeto*)
	Germano Neto (*fotografia*)
Formato	12 x 18 cm
Número de páginas	144
Papel	Chambril Book 90 g/m²
	Cartão Supremo 250 g/m²
Impressão e acabamento	Graphium